五行歌集

二十年ぶりのおんぶ

柳沢由美子

市井社

五行歌集　三十年ぶりのおんぶ

目次

笑いころげる大地

雪解け水を
貯えて
連山は
水の色のまま
空との境を失う

蠟梅の
透明な花びらに
思いがけない雪
冷たさが冷たさを
温めている

集落は
ぐるりと残雪
門かどに
南天の実の
たわわ

三寒には
ひたすら読み
四温に
歌い歩く
ほどなく　どっと春

雪解けの庭に
おーおー
まみどりの雑草たちのお帰り
春だ　お祝いだ
しばし休戦だ

極寒が
去った
三月は
命の
新年

鋤を入れれば
笑いころげそうな
三月の
黒い
大地

垂直に立っていることに
自信がなくなる
縦横に降り続ける
花びらの
下で

蕊は
大地に誘われるように
降る
静かな
重さだ

桜を愛した
母だった
今年は
その一枝となって
咲く

つぼみは内なるもの
百年の老木であっても
それはみずみずしく
愛らしい
人ならばなお

高遠城址には
空がない
ただただ
逆光の
花の連なり

みはるかす畝の
縞模様の
先端から
立ち上がる
落葉松の群れ

春
キッチンの
オリーブオイルが
融けて
金色に光り出す

新緑の
山一つ
フレンチドレッシングで
食べきれて
しまいそう

苗を待つ
一面の
黒いマルチが
光の子らを
遊ばせている

心を決めるのは
春がいい
花が
光が
背中を押す

田の面の
空気の
一粒一粒に
宿る光の子
夏が来た

すべり込めば
飛べてしまいそう
田ごとに
くっきり映る
青空

蟬しぐれに
驚いたか
どんぐりの
赤ちゃんが
コンッと降る

緑の
トンネルに
すべりこめば
カナカナの大音響に
拉致される

採れたての
レタスから
水の
鼓動が
聞こえる

垂直の雨

落葉松林に
降る雨は
ただ
垂直という
美しさ

薄桃色の
キツネノカミソリ
空にかざせば
あいた切り口から
初めての秋風

空の
ガラス戸が
一気に
開《あ》いて
秋

山腹の車窓から
見下ろす紅葉は
ライオンの背のよう
おっ　吠えた
碓氷峠のトンネルだ

紅葉は
木々草々の
すべてがキャスト
だから
人を圧倒する

ケヤキの葉が
すっかり落ちて
明るくなった空から
ゆっくりと
冬が降りてくる

さらされた
骨組みの
美しさ
高原の
裸木の群れ

裸木を見上げて
2歳が
「ないねえ、はっぱ」
当たり前が
新鮮に変わる

雪が
降り始めた
街は
静かに
受け身となる

色も
音も
消す
優しいのか非情なのか
雪

はかなさとは
ほど遠く
雪
ギシギシと
締まってくる

陽ざしへの
あこがれ抱く
冬のすずめは
どこまでも
丸

立ち尽くすアリ

バッタが
草むらから
とび出して
幾何学模様のまま
歩いていく

裸木
一本
楽器にして
群雀が
奏でる

海ほおずきは
巻貝の卵嚢という
知れば
音色の
さらにかなしく

今が始まりなのか
終わりなのか
羽化したばかりの
セミの
透明

かつて土だった木と
木だった土が
交信しているような
落葉さかんな
日

振りかえっては
見上げる犬も
惜しみなく
なでる少年も
陽ざしの中

草原を走りたかったろう
惰眠をむさぼる
動物園の
百獣の王の
形のいいい肉球

潔さの対極とも
言い切れない
咲いたままの形で
朽ちていく
アジサイの美学

死は
究極の諦めですか
極上の解放感ですか
アスファルトに横たわる
猫よ

草むらの
赤ん坊のバッタは
まだ透明な体を
震わせながら
母を思い出している

明朝は
きっと飛び立とう
手をつなぎ
息をひそめる
満開のヤマボウシ

胸をえぐられる
色だ
轢かれた
黒い犬の
赤い首輪

草かき鎌から
こぼれ落ちた
小さな甲虫が
頭を揺すり揺すり
草の海に泳ぎ出す

青虫の
命は
ただ緑色の
粘液
無念だろうに

昨日も今日も
骸になったか、なったかと
瀕死のカマキリをつつく
闇の色をした
この指先

嫌われる
とはこういうことか
轢かれて潰れて
紙のようになっても
ヘビのまま

１００羽の
ムクドリが
１頭の天馬の形して
空に
暴れる

チクチク　チクチク
青鬼の
あかちゃんの
角みたいな
すずらんの新芽

枝みな
両手をあげて
濃ピンクの塊を
押し上げる
満開の桃畑

いたずらに
つまんでしまった
クワガタの
腹筋と脚力の
悲しいほどの強さ

山裾の集落を行く
郵便バイクを
案内するように
犬の鳴き声が
リレーする

アリとて
あこがれも
ためらいもあるのだろう
行列にいて
立ち尽くす　一匹

ただ待つために来た

区内放送の
夫の声に
飼い犬が
ウオーンウオーンと
反応する

はだかんぼうで
おぎょうぎ悪いから
旧軽銀座には連れていけないよ
わが駄犬に
言い聞かせる

初めての雪だね
白いよ　冷たいよ
感動だねえ
バリバリ　ムシャムシャ
駄犬　無関心

スギナより
カヤツリグサが
好みだという
散歩の犬の
サラダタイム

今年我が家で育った
幾十のツバメが
庭を縦横に飛び交う
寝ぼけ犬の
頭をかすめて

カエルの干物と
ヘビの抜け殻
駄犬
ウハウハ
散歩の収穫

私は時々
息子の名前と
飼い犬の名前を
取り違える
飼い犬も苦笑い

散歩の
犬は
背中で
うれしいと
言う

二晩ぶりの帰宅
飼犬は
柱に体半分隠して
ちょっと怒って
ちょっと笑う

どんなに遅くても
ちぎれるほど
尾を振って迎える犬
ただ待つために
我が家に来た

びっくり箱

素朴で優しそうな
青年が
娘をくださいという
冬なのに
春風が吹いた

陣痛の妊婦と
励ます
若い助産師の
息を飲むような
透き通った手

日だまりで
娘と嫁が
離乳食のことなど
話している
花が咲いたよう

一緒に遊んでいる
ゆりちゃんが
三十年前の
娘と重なる
さらさらと涙

顔を思い浮かべただけで
泣けてくる
子は
母を思って
泣くこともあるのだろうか

寡黙な息子が
ヒマワリみたいな娘さんを
連れてきた
心の中で
止まない拍手と涙

「背骨も写ってました」
妊婦健診帰りの
嫁からの
弾んだメール
ずしんと命の重さ

6020g安産でーす
って
今朝夢みました
嫁のメールは
びっくり箱

「愛おしいって
この子だけのための
言葉だと思うんです」
嫁の景子ちゃんが
ぽつんと　言う

「こう忘れっぽくては
先が思いやられるわ」
と謙遜すれば
「おれ知らんぞ」
と逃げ腰の息子

愛しきれなかった
子への
償いのように
孫を
慈しむ

娘の家も
息子の家も
我が家とは違うにおい
まぶしい
始まりのにおいだ

三十年ぶりのおんぶ

母体もまた
大自然の一部なのか
出産を見届けた
帰り道は
煌々と満月

生まれたての
命を抱く
軽くて
重くて
ただ　涙

「あーのね
かあさんがすーきなのよ」
と歌うはずが
こみ上げて
声にならない

ゆりちゃんが生まれて
ばあの心は
広くなったよ
町じゅうの赤ちゃんに
ほほえんでしまうような

「保健師さんから
這い這いの格好をほめられたよ」って
よっしゃー
日本一の
赤ん坊だ！

遊びにくる
赤ん坊のために
這い這いして
家じゅうを
点検する

陽ざしが
背中で
深呼吸しているみたい
三十年ぶりの
おんぶ

ゆりちゃん1歳
「もっともっと可愛くなるよ」
と先輩におどかされて
ばあの心は
今にもパンクしそう

そよちゃんを突き飛ばし
るい君が積んだバケツを
ひっくり返して突き進む
1歳ゆりちゃん
別名ミニドラゴン

ゆりちゃんの
かえるの歌に
ばあは何度でも
笑って
泣いてしまうよ

ゼロ歳のくうちゃんを乗せた
小さいナスの牛が
帰って行く
ばあの心の
洪水が治まらない

ゆりちゃんが
ぞうさんになって踊っている
応援席のばあの
涙目の中で
ぞうさんが泳いでいる

あのさ　あのさと
もどかしげに
話す3歳
言葉の向こうに
百万の芽吹き

ゆりちゃんが
じいに叱られた
泣いたのは
ゆりちゃんと
ばあ

たいちゃんが
絵本をかかえて
とんっ
ばあのお膝は
たちまち陽だまり

ウッドデッキで
素足が
クスクス笑っている
1歳と5歳の
ひなたごっこ

生えたばかりの
まあるい草の葉が
みいちゃんそっくりで
ばあは
くすっと笑ってしまう

たいちゃんは
スプーンを
アプーンと言う
ばあは
アプーンの方が好き

ゆりちゃんが
一年生になる
ばあは
小学生のばあの
一年生になる

それだけで
胸を打つ
つみきを
つむ
手の丸さ

色とりどりの糸で
通園バッグを刺す
見えてくる
「いとしい」という
心のかたち

両手で包んだ
新生児の手の
ぬくみ
祈りとは
こういうもの

出産入院中の
ママを待つ
子は
殻のない卵のような
繊細

ひとり遊びの
おすわりの子に
木漏れ陽が
こっち、こっちと
相手をする

「二の段と
五の段だけ好き」
とゆりちゃん
「ばあもおんなじ」
と笑い合う

たいちゃんレンジャーに
やっつけられそうな
ばあを
守ろうとする
みいちゃんの目の真剣

湯舟の
座りだこが
赤い
今日もみいちゃんと
ままごと三昧

ばあの腕から
ごめんねと
抜け出した
白鳥のよう
8歳ゆりちゃん

ばあの
冷たい両手を
だまって
温める
小さな両手

丸まってしまった
ダンゴ虫に
「のばしてえ〜」と
泣くいーちゃん
泣きたいばあとダンゴ虫

おばあさんが
川で洗濯をしていると
何が流れてきたんだっけ？
5歳たいちゃん
「みずー」

2歳いーちゃん
「じぶんはじぶん」
「わたし　あきらめない」
などとのたまう
越えられたか　我

ばあの
ひとりおやつ
こあらのまーち2パック
2歳いーちゃんには
絶対ないしょ

毎日更新する
一歳の
歩数新記録
生き物の
崇高を見るよう

足痛の
ばあを
かばって
保護者の顔つき
十歳　ゆりちゃん

子どもとは
命の
別名
全身に
光源を持つ

はなしたいことがやまのよう

支えは
強いものとは
限らない
母の小さな背が
私の心の岩盤

物忘れ外来に
通い始めた母と
いつか来る
ほんとうのサヨナラまでの
悲しすぎる時間

お母さん
私を忘れてしまったのですか
胸に打ち込まれた
氷柱が
居すわったまま

なぜ
手を取れなかった
母との別れに
ただ立ち尽くしていた
幼児のような私

なんと小さな
飯椀だろう
空気のようだった母の
存在の
大きさ

別れから3日目
ひとりの浴室で
号泣する
突き上げてくる塊が
身体の輪郭を突き破った

臨終の時を
凌ぐ
自責の思い
母の遺品を
捨てるということ

「産んでくれて
ありがとう」と
園児が口々に言う
私がようやく
辿りついた思いを

ブリキの洗面器に
花王石鹼
背中から両手を包んで
洗ってくれた
遠い日の母

父に近づくというのでも
母を超えるというのでも
ない
三角形の
三つの頂

孫を得て
初めてわかる
遠い日の父母の思い
人は一生に２回
親に育てられる

はなしたいことが
やまのよう
おかあさん
いま　ここにいて
ほしかった

蔵書

人の
蔵書は
恥を超えた
命の
軌跡

布団に入って
読みさしの本を
開く
この瞬間のために
生きている

常に
視界にある
自分の手
涙が出るほど
自分だ

大泣きする
幼子《こ》を
抱きしめれば
ウエハースのような
たよりない肩

偶然とは
必然のことと思う
完璧な二重の
虹を
見た日

ひとつひとつ
片づけていくと
自分が小さく
たたまれていくような
退職まぢか

念じて記すのが
記念ならば
歌をつくってきた
どの日も
記念日

自分のからだに
気づかれないように
こっそり血圧を測る
高い
気づかれている

小さな
戸惑いなど
笑い飛ばされそう
今日の空の
群青

こんなに
褒められて
心が
一年分
温まる

うたが
心に激突する
傷口から
あふれ出す
なみだ

シュークリームが
ぷわーとふくらんで
大成功！
占いのような
春のキッチン

うん、持ち物の
一割ほどでも
暮らせる
あとは
自分に言い聞かせるだけ

歩く
そんな
当たり前に
拒否される
私が私に

「牛乳」と書かれた
タンク車が
母牛のように
ゆっくりと
発進する

日々書く
日記が
いつか
私の
図書館となる

ことばになれない思い

知識で
いっぱいの
脳にこそ
浸透していく
新たなるもの

思いつき
と切り捨てまい
思いの深い淵から
ふと生まれたとすれば
本質である

宇宙の塵のような
個体が
宇宙を凌駕するほどの
思いを
抱く

簡素とは
心の
ありかた
命の底に
別の豊かを持つ

真っすぐに
人を助ける人
初めて
高貴という言葉が
よぎる

いい人は
目でわかる
ひとみに
静かな
海がある

涙は
ことばになれなかった
思い
時間をかけて
翻訳してみる

去年と今年を隔てる
深い闇の海を
渡りきった
かけがえのない
命と思おう

マイナスにばかり
考えてしまう日が
あってもいい
卑小だからこそ
いつくしめるものもあるはず

余計な
形容詞を
使わない
褒め言葉は
ズシンとくる

草原のような
人だ
透明な
風が
吹いてくる

新しい
思いは
蓄積した
思いの中から
生まれる

無数の
透明が
集まって
青は
生まれる

意味を
抱いた
ことばが
人に受け入れられる
奇跡

捨て切る
ことは
自分の
芯を
拾うこと

ことばを
失う
感動こそ
本物では
ないか

最後は
ひとり
心地よさの
極みは
ひとり

自分のすべてを
知っているのは
自分だけ
そのことに
胸打たれる

白く静かな果実

泥の底で
ぎらぎらしていた時の
自分が
本物だった
かもしれない

自分の言動に
愛想をつかした日
水底の
魚の姿勢で
朝を待つ

幼稚園の
砂場にしゃがんで
孤独と闘っていた
5歳の私
少しも変わっていない

濁りなく
人の悲しみを
悲しめるか
人の喜びを
喜べるか

全部吐き出した
心の洞に
輪郭のある
自分が
戻ってきた

叱られることは
いっぱいしているのに
だれからも
叱られない歳になった
試されている自分

感性は
歩いてきた
軌跡そのもの
まだ
変われるだろうか

自分を支えていた
ものは
泣きたいくらい
弱い
自分だった

善意に
囲まれていると
この
胸底が
透きとおってくる

六十歳になって
「坊っちゃん」を再読した
主人公は
清《きよ》
と思う

この手には
心がある
その
心こそ
自分だ

あの時は
ポーズのつもりだった
いつしか
進化して
本当の気持ちになる

本当に
好きなものは
わずか
そのわずかに
生かされている

静かだ
君が語れば
語るほど
私の細胞という細胞が
耳をすます

精神が
洋服を着て
動き回っていた
もう何十年も
肉体を忘れている

六十四歳
ばあ歴六年余
この一割が
自分の
コアだったと気づく

ありがとう
ありがとうって
いっぱい言ってきたけど
ほんとうのありがとうは
泣けてくるから言えない

幼児を抱けば
忘れかけていた
わが身体の
存在感に
泣きそうになる

人を
正視している
のに
見ているのは
自分

朝に
生まれ
夜に
死す
一日ずつの命と思おう

孤独を
恐れるまい
悔いのない決断は
いつも
孤独の中だった

一途に
向かう
ものがある
これ以上の
幸せを知らない

私は今
紅葉かもしれない
緑の時代を
享受したあとの
豊かで静かな時

たいていのことは
許せるような
気がしてくる
旅の途中と
思えば

「愉快だった」
と終わりたい
生きることは
壮大な
遊び

私が
果実だとしたら
白く
静かで
ありたい

山が膨らむ

光に闇が
内在するのか
闇に光が
内在するのか
潮が引くような夜明け

雨上がりの
碓氷峠は
尾根の間から
真綿みたいな
霧の赤ちゃん

でこぼこの地面を
毛虫が
でこぼこ進む
あこがれるよ
そのまっしぐら

天空の一本道を
歩き疲れたか
薄く小さくなった
満月が
西に眠る

山は
噴火する前に
わずかに膨らむという
踏み出すことに戸惑い
深呼吸するように

突き立てた
スコップの
白い隙間の奥に
初めて見る
青い雪

この大地でさえ
宇宙の一角
人はみな
空に
住んでいる

闇一枚
めくれば
朝の
光の
すみか

稜線は
不動の
大地の
深奥の
躍動のかたち

生き物どうしの
尊敬の
上に
たっている
大自然

跋　大きな完成への道

草壁焰太

この歌集は、自然詠からスタートする。日本の古典歌集のとおりである。このやり方をとるのは、古典をよく読んだ人の特徴といえる。だが、その四季の歌、動植物の歌から、私はふしぎな感動を味わった。それぞれの作品が交響詩のように複雑な背景を持ち、かつ奇跡のようにすっきりまとまっているのである。よいものは、混沌を一筋のものにしてしまうのだ。

落葉松林に
降る雨は
ただ
垂直という
美しさ

バッタが
草むらから

今が始まりなのか
終わりなのか
羽化したばかりの
セミの
透明

１００羽の
ムクドリが

とび出して　　　　　　1頭の天馬の形して
幾何学模様のまま　　　空に
歩いていく　　　　　　暴れる

　これらの歌は、それぞれ自然のすべてを自然な言葉の流れのなかで、明解にまとめあげている。読み手は作者の目によって解明されて、疑問を持たずに、そこで起きているすべてを感じる。芸術とはそういうものなのだ。

　雨もバッタもセミもムクドリも、自然のすべてを一つの特徴で物語る。垂直、透明、幾何学図形、群の統一である。

　この人は透視するようにものを見る。こういう観照、もの思いをする人として、私は芭蕉を思い出す。多くの要素を含んだまま、一つの言葉でものごとを表してしまう。

　バッタの歌は、地球上のすべての昆虫が幾何学模様であることを思わせる。雨もまたすべての雨がそうであることを物語る。細胞は透明で、群は一つの物体のように意思を持つ。これらの叙景歌は、簡単に読んでいくことができないものを持っている。

この歌集は、この作者の内面的な大きな革命も含んでいる。彼女の歌をずっと見てきた私は、その現場の立会人でもあった。その日のことを忘れない。彼女は二〇一〇年の十二月のある日、私をびっくりさせるような歌を送って来た。

陽ざしが
背中で
深呼吸しているみたい
三十年ぶりの
おんぶ

である。私は読んですぐ、これを雑誌『五行歌』二〇一一年一月号の表紙の歌にすることを決めた。

陽ざしが深呼吸する、という言葉が、この人の感じている熱さ、ふしぎな重さを物語っている。尋常ならない実感だったろうと思った。

これは孫歌だから、ふつうは、子の歌に比べれば、その追加のように感じられるものになりがちであるが、この歌は、初体験の厚みと迫真力を持っている。
この歌をさかいに、作者は赤ちゃん、幼子の歌を熱く書きつのるようになった。

「あーのね
かあさんがすーきなのよ」
と歌うはずが
こみ上げて
声にならない

ゆりちゃんが
じいに叱られた
泣いたのは
ゆりちゃんと
ばあ

たいちゃんは
スプーンを
アプーンと言う
ばあは
アプーンの方が好き

おばあさんが
川で洗濯をしていると
何が流れてきたんだっけ？
5歳たいちゃん
「みずー」

心が革命を起こしていたのだった。
私が最初に会ったころの柳沢由美子さんは、仕事をする女性だった。五行歌は始めてくれたが、歌にも冷静だったように感じた。地方の新聞の記者の仕事をされていたと思うが、どんな記事でも的確に仕上げる人だろうと思った。この背中の体験のあとに、こういう歌を書いている。

精神が
洋服を着て
動き回っていた
もう何十年も
肉体を忘れている

愛しきれなかった
子への
償いのように
孫を
慈しむ

ここで、孫のやわらかな重みと熱さから感じたことは、子に対して申し訳ないという気持ちも伴っていた。だから、彼女の孫たちへの歌は、その歳月を取り返すように、高まり続けた。かわいい孫と一体になり、笑い、泣き、遊ぶ。それが一番大事なもの、いのちだから。

いちばん、大事なものを知って、彼女は内面の中に、中心を得たのだろう。書くものは、すべて冒頭に述べたような深みと大きさとわかりやすさを持ったものになった。

彼女は、ずっとそれを得ようとして、手探りしていたのかもしれない。目をこらしたり、本を開いたり、考えたり……、まさか、背中で感じとるようになるとは、夢にも思わずに――。

こうして、歌集全体が、大きな交響詩のような物語となった。

蔵書の歌もよく、犬の歌もよく、思いの歌もよい。

彼女の歌がなんといっても素晴らしいのは、歌の仕上げのよさである。彼女の歌には、長すぎるということはまずない。大きな物語を含んでいるのに、簡潔である。そのうえ、その求めるものが深く、高い。

人の　真っすぐに
蔵書は　人を助ける人
恥を超えた　初めて

命の
軌跡
高貴という言葉が
よぎる

日々書く
日記が
いつか
私の
図書館となる
私が
果実だとしたら
白く
静かで
ありたい

これらの歌の簡潔さと、姿のよさ、気韻、深さ、静かさは、歌の理想であろう。こういううたびとを持って、五行歌は幸運である。

最後に、こもろ歌会代表の遊子さんが、彼女の歌業の誕生に大きな役割を果たしたことも書いて置きたい。遊子さんも、このうたびとを生んだ人の一人である。私はこの二人が語らっているのを聞いたことがないが、ずっと語り合っていたと聞いている。

それが、ここに結実した。私は、この二人が話し合っているのを、何とかして聞いてみたいと思う。こんなによいものを、生みだしたのだから。だが、それは不可能だろうけれど、二人のよい歌への憧れがここにつながったのは間違いない。

あとがき

先日、取り込んだ洗濯物の山の中から、パタッと飛び出したものがありました。ん？トカゲ！　家具の後ろに入られては大変と、大慌てでサッシ戸から掃き出しました。が、この時、大騒ぎしながらも案外トカゲを観察していて「ほいほい、おうちにかえってよ」と声をかける余裕があったことに笑ってしまいました。

年の功といえばそれまでですが、ふと、悠木すみれさんの「ホッ　ハッ　ホイ」がよみがえってクスッ。蛇の子どもに遭遇すれば、髙樹郷子さんの「小蛇が畦からうっとり見上げている」を思い出して「いいなあー」とうっとり。こんな万物への愛おしさを優先できるようになったのは、他ならない五行歌のお陰かなと思うのです。

日常の小さな出来事にあっても、どう表現しようかとあれこれ思案しながら、あーあんな歌もあったなあとその一節やその作者を思い、歌会で語り合い…。歌を介して人とつながる時のワクワクした気持ちこそ五行歌の最大の魅力と感じます。
五行歌と出会って18年。この飽きっぽい私が一度もやめようと思わなかったということは、まさに五行歌に支えられてきたということだと理解しています。うれしいことです。

いつお会いしても笑顔で激励してくださる焔太先生と叙子様、編集を担当し誠実に丁寧に対応してくださった水源純様、しづく様はじめ本部の皆様、応援してくださる遊子代表はじめこもろ五行歌の会の皆様、全国の歌友の皆様のお陰で、拙歌ばかりながら、愛おしい歌集ができあがりました。ありがとうございました。
また、言葉少なにひたすら見守り、歌集制作の後押しをしてくれた夫に感謝します。

2020年8月

柳沢由美子

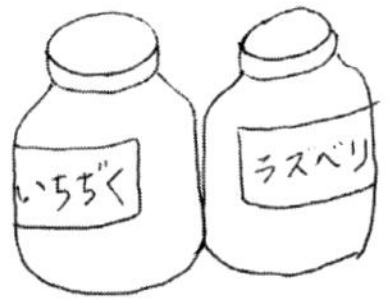
いちぢく
ラズベリ

柳沢 由美子（やなぎさわ　ゆみこ）
1952年2月、群馬県前橋市生まれ
２年間教職を務め退職。結婚後は夫の転勤で
長野県内の各地で暮らす。
子どもの手が離れてから60歳までの23年間、
小諸新聞社の記者、編集に従事する。
娘家族は隣市在住、息子家族とは同居。
こもろ五行歌の会の発足時に入会し、18年目。
五行歌の会同人。長野県小諸市在住。

五行歌集《ごぎょうかしゅう》　三十年ぶりのおんぶ

2020年8月10日　初版第1刷発行

著　者　　柳沢 由美子
発行人　　三好 清明
発行所　　株式会社 市井《しせい》社

〒162-0843
東京都新宿区市谷田町3-19 川辺ビル1F
電話　03-3267-7601
http://5gyohka.com/shiseisha/

印刷所　　創栄図書印刷 株式会社
イラスト　著　　者
装　幀　　し づ く

ISBN978-4-88208-176-0

五行歌五則

一、五行歌は、和歌と古代歌謡に基いて新たに創られた新形式の短詩である。

一、作品は五行からなる。例外として、四行、六行のものも稀に認める。

一、一行は一句を意味する。改行は言葉の区切り、または息の区切りで行う。

一、字数に制約は設けないが、作品に詩歌らしい感じをもたせること。

一、内容などには制約をもうけない。

五行歌とは

五行歌とは、五行で書く歌のことです。万葉集以前の日本人は、自由に歌を書いていました。その古代歌謡にならって、現代の言葉で同じように自由に書いたのが、五行歌です。五行にする理由は、古代でも約半数が五句構成だったためです。

この新形式は、約六十年前に、五行歌の会の主宰、草壁焰太が発想したもので、一九九四年に約三十人で会はスタートしました。五行歌は現代人の各個人の独立した感性、思いを表すのにぴったりの形式であり、誰にも書け、誰にも独自の表現を完成できるものです。

このため、年々会員数は増え、全国に百数十の支部があり、愛好者は五十万人にのぼります。

五行歌の会　https://5gyohka.com/
〒162-0843 東京都新宿区市谷田町三—一九
川辺ビル一階
電話　〇三（三二六七）七六〇七
ファクス　〇三（三二六七）七六九七